TRISTAN BERNARD

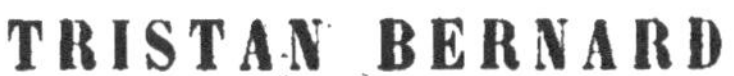

LE

CAMBRIOLEUR

SAYNÈTE

PARIS
LIBRAIRIE THÉATRALE
30, RUE DE GRAMMONT, 30

—

1900

LE CAMBRIOLEUR

Saynète jouée par M. Lucien Guitry, le 2 décembre 1897,
à la Salle des Fêtes du Journal

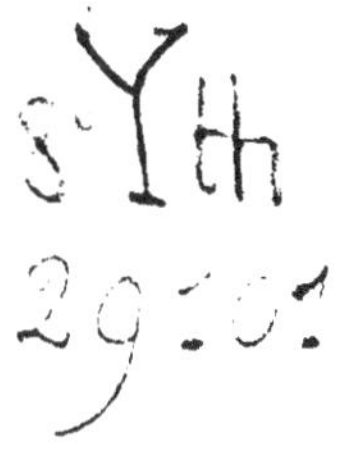

TRISTAN BERNARD

LE CAMBRIOLEUR

SAYNÈTE

PARIS

LIBRAIRIE THEATRALE

30, RUE DE GRAMMONT, 30

1899

PERSONNAGES

LAFRAPPE.

UN COMMISSAIRE DE POLICE.

UN GENDARME.

UN AGENT.

UN VIEILLARD, personnage muet.

LE
CAMBRIOLEUR

Une porte au fond. — Deux portes à droite. — Une fenêtre à gauche. — Un bahut au fond à droite. — Il fait nuit. La scène est faiblement éclairée par une lumière qui vient du dehors par la fenêtre de gauche.

SCÈNE PREMIÈRE

LAFRAPPE, entrant par la porte du fond.

Sacrée saleté de pince-monseigneur de mes deux oreilles! Je me suis arraché la peau du pouce. (Il suce son pouce. Regardant autour de lui.) C'est bien comme l'a dit le petit marchand d'oiseaux. Il ne s'était trompé dans aucun détail. La murette basse sur les champs, l'allée de gravier, la porte de derrière. Me voilà dans la salle à manger. C'est là que se trouvent l'argenterie et les titres au porteur. Le vieux singe doit dormir en haut. Qu'il repose en paix.

Il allume un bout de bougie qu'il a tiré de sa poche et qu'il pose sur la cheminée.

Ah! tout irait bien sans mon rhumatisme. Chaque fois que j'allonge le genou droit, c'est à crier. Je ne suis plus fichu d'escalader un mur de trois mètres... Aïe, aïe, aïe, aïe, aïe, aïe, aïe. Je vais prendre un cachet.

Il prend un verre et une carafe d'eau sur le bahut.

Passer par le devant de la maison, il ne fallait pas y songer. La rue des Ormeaux est très passagère, même à ces heures-ci... il n'est guère que onze heures d'ailleurs... Comme mon train est demain matin à sept heures quarante, je n'ai pas besoin de me presser... J'ai toute ma nuit... J'aime autant rester tranquillement ici, où il fait chaud, que d'aller poser dans une salle d'attente... Non! ces rhumatismes!... C'est de la guigne! Je n'avais rien senti depuis huit jours et justement aujourd'hui... où il faut que je travaille!... Et je ne pouvais pas remettre la chose... (*Gravement.*) D'abord parce qu'il ne faut jamais rien remettre au lendemain (*Remuant la cuiller dans le verre.*) et puis le petit marchand d'oiseaux qui m'a donné le tuyau aujourd'hui, pouvait très bien le donner à un autre demain... (*Après réflexion.*) Quoiqu'il soit assez honnête.

Il remue la cuiller dans le verre.

C'est long à fondre, ce machin-là... Heureusement que je ne suis pas pressé... (*Après un silence.*) Ah! oui, alors... une affaire comme celle d'aujourd'hui, il faut en profiter. Les clients se font terriblement rares. On ne saurait croire combien les journaux avancés nous font du tort en prêchant le mépris des lois. Les clients se disent que nous n'avons plus peur des lois, que la police est impuissante à les défendre, et que dans ces conditions-là, il vaut mieux qu'ils se gardent eux-mêmes. (Il boit et fait la grimace.) Ce n'est pas bon, cette affaire-là. (Il examine sa cuiller, puis la met dans sa poche.) Ce qui fait que le métier est plus dur qu'il n'a jamais été. Il y a trente ans, à ce que des anciens m'ont dit, un bon cambrioleur se faisait ses trois cents francs par mois... Aujourd'hui, quand j'ai fait cinq cents francs dans ma saison d'été, je m'estime heureux. C'est égal, ce n'est pas payé.

Après un silence.

Ce qu'il y a de terrible, c'est que je deviens taffeur, moi qui n'avais jamais peur de rien... c'est que voilà bientôt dix ans que je n'ai pas été à la grosse malle, et ça me dégoûterait d'y retourner. (Attendri.) Et puis ça me ferait mal au cœur de ne plus revoir ma gosse... ma petite brunette... (Gaiment.) Si je ramasse un peu de pognon aujourd'hui, je vais chercher la gosse à Versailles et je vais me coucher pendant huit jours. C'est la seule façon d'en finir avec mon rhumatisme. Moi, je ne vole pas pour aller au café. L'alcool me fait mal à l'estomac. Je ne bois que de l'eau d'Evian à mes repas. Je vole pour pouvoir rester couché à me faire dorloter par ma petite môme. Quand ce n'est pas par celle d'aujourd'hui, c'est par une autre. J'en change tous les trois à quatre ans. Je les prends à seize ans, et je les garde jusqu'à vingt ans. (Sévèrement.) Quand elles commencent à raisonner, à discuter, à faire leur madame, je les sacque, et je les remplace.

Il ôte sa veste.

C'est pour avoir ma liberté que je n'ai jamais voulu me flanquer dans une bande. C'est pourtant un travail plus régulier, on a un petit fixe par mois. On est assuré contre les accidents. Mais c'est dangereux

parce qu'on n'est jamais sûr l'un de l'autre, et qu'il
y a des faux frères ! J'aime mieux travailler indivi-
duellement et choisir une spécialité : les villas inha-
bitées. Aujourd'hui, j'ai accepté de venir ici, parce
que c'est kif-kif : il n'y a personne dans la tôle. Il
n'y a qu'un vieux au premier.

Posant sa veste sur un meuble.

Allons, il ne faut pas s'éterniser ici... Je me repo-
serai à Versailles. Je vais lire un peu pendant ces
huit jours. Je suis du moment en train de lire l'His-
toire de la Restauration de Vaulabelle. Quand j'ai
mal aux yeux, c'est la gosse qui me lit, comme
elle sait lire, en louchant à toutes les phrases et en
estropiant les noms propres. Ah ! c'est quelque chose
de rigolo à voir ! Le soir je fais des réussites, puis
on se couche à dix heures.

Il tire une pince-monseigneur de sa poche.

Quel sale outil tout de même. Qu'est-ce que vous
voulez foute avec ça ? Il faut voir les outils anglais,
les pince-monseigneur nickelés qu'on fabrique à Sheffield. Ça peut s'appeler des outils, ça. D'abord, c'est
fait avec des aciers que nous n'avons pas, que nous
ne pouvons pas avoir en France. Et puis, c'est une
fabrication sérieuse. Quand une machine a estampé
cent mille pièces, on la met au rancart, et on la vend
à la ferraille. Aussi ce sont des bijoux de précision.
D'abord ça n'a plus l'aspect de ces grandes machines
d'un autre âge. Avec un outil grand comme le doigt,
on soulève une porte-cochère. Et puis les gas qui les
manient savent un peu ce que c'est que le travail.
(D'un air d'admiration.) Ah ! les Anglais ! Il faut les
voir à la besogne. C'est merveilleux. Ils n'ont qu'un
défaut. Ils se cuitent. Surtout en France où il y a du
champagne. Mais si ces gens ne se cuitaient pas,

ah! messieurs! qu'est-ce que nous ferions! nous n'aurions plus qu'à rester chez nous.

Il faut pourtant que je m'occupe. L'argenterie est là dans ce bahut. Un beau bahut. Je vais encore l'abîmer. Je me dégoûte, d'abîmer pour abîmer. Je vais esquinter un bahut de cent cinquante louis, pour chauffer peut-être trois cents francs d'argenterie! Et puis après, il va falloir l'emporter, l'argenterie, aller la vendre, discuter, marchander... Ils vont encore me voler !... C'est étonnant ce que j'ai le fil pour me faire estamper, moi. Ils profitent de la situation. Les vilaines gens !... Il est vraiment bien, ce meuble. Je n'ai qu'un regret, c'est de ne pas pouvoir l'emporter.. C'est curieux, il y en a un à peu près pareil au château de Luidan, où j'ai travaillé l'année dernière. Et où ai-je donc vu des ferrures comme ça ?... Ah! chez Bruninger, le banquier de Rueil. Ben voilà : j'aurais un outil anglais pour ouvrir ça, ça tournerait comme dans du beurre ; au lieu qu'avec ce sale outil-là, c'est un vrai moulin à café! (Tout en travaillant.) C'est ma faute, aussi ; je me promets chaque semaine d'écrire à Sheffield pour avoir des outils un peu propres, et je n'y pense jamais.

Entre ses dents.

Tous les plaisirs ne sont que tromperie...

Oh! il n'y a pas de danger ; le vieux est sourd.

> Tous les plaisirs ne sont que tromperie,
> Que triste leurre et folle vanité,
> Le travail seul embellit notre vie,
> C'est le travail qui donne la gaîté,
> Oui, le travail nous donne la gaîté !

Ça vient... ça vient... c'est ouvert,... voilà la boîte à argenterie. (Examinant le contenu.) Ah ! ils ne se sont pas fichus de moi... Ah! ben, ce n'est pas de la camelote.

A présent, nous allons faire un petit baluchon...
bien gentiment. (Puis chantonnant.) Nouez, Fanchon,
joyeuse lavandière, nouez, Fanchon, vot' petit baluchon. Là... voilà... Le meuble n'est pas trop esquinté.
Parfait !... Maintenant, il doit bien y avoir quelques
titres au porteur, dans cette commode... (On entend du
bruit à droite.) Tiens, qu'est-ce c'est que ça? (Il souffle la
bougie.) Voilà le vieux qui vient dans le couloir... Il
n'était donc pas en haut. (sévèrement.) Oh! je n'aime
pas ça... Il a tort de me déranger, ce vieux. Il a tort!...

Quelle déveine !... Tout allait si bien. Il va falloir
intervenir... Ça m'embête d'être obligé d'en venir à
ces extrémités. D'autant plus que c'est cher, quand
on est pris. Le vol qualifié, c'est moins grave. On
vous recherche moins... Ah ! c'est bien ma veine ! Le
voilà qui vient... je ne peux pas sauter par la fenêtre.
Il y a du monde dans la rue. Juste ce bec de gaz, en
face. Et ces abrutis-là ne peuvent pas laisser travailler le monde tranquille!... C'est vrai, ça... S'ils veu-
lent qu'on ne les dérange pas, ils n'ont qu'à ne pas
garder d'argent chez eux! Il y a des coffres-forts dans
les grands établissements de crédit. Attention!

LAFRAPPE, entre ses dents.

Ah ! Diable ! C'est un vieux de bonne famille !... Il coûtera cher, s'il faut payer... Allons, allons ! Je vais être obligé de l'attaquer par derrière, avec un moulinet sans élégance. (Il s'approche à pas de loup du vieillard, qui est arrivé auprès de la fenêtre.) Allons, messieurs, essayez vos forces ! (Il donne un coup de sa canne d'entraînement sur la tête du vieillard qui tombe par la fenêtre la tête en avant.) Comme ceci, c'est gagné. (Prenant sa veste sous son bras.) Eloignons-nous discrètement de ce lieu de carnage. (Bruits, clameurs, derrière la porte du fond.) Ah ! bougre ! (Allant à la porte de droite, premier plan.) Je ne sais pas où ça va par là.

Il disparaît par cette porte.

SCÈNE II

LE COMMISSAIRE, UN AGENT et UN GENDARME, portant des lumières.

UN AGENT, rentrant avec une lumière.

Où est-il ? Où est-il ? Ah ! il est épatant ! Avez-vous vu comme il a tapé !

UN GENDARME, entrant avec une autre lumière.

Où est-il ? Où est-il ? Ah ! Ah ! c'est un gaillard ! Il l'a mouché du premier coup !

LE COMMISSAIRE, entrant.

Où est-il ? Croyez-vous qu'il l'a bien touché !

L'AGENT.

Je ne sais pas. Il a dû passer par là.

LE COMMISSAIRE.

Mais dites-lui donc qu'il vienne ici. Je tiens absolument à le voir. Pourquoi se cache-t-il ? Le nigaud !

L'agent sort par la droite, second plan.

LE COMMISSAIRE, au gendarme.

Gendarme, vous allez partir à franc étrier jusqu'à la préfecture, et vous direz qu'un courageux citoyen vient d'abattre d'un coup de canne... C'était bien un coup de canne ?

LE GENDARME.

Oui, oui, sûrement. Je l'ai bien vu d'en bas...

LE COMMISSAIRE.

Quel magnifique coup de canne !... Vous direz donc qu'un héroïque citoyen vient d'abattre d'un coup de canne le vieux fou furieux qui, depuis ce matin, terrorisait le quartier avec sa carabine, et qui avait déjà blessé trois personnes... Allez !

Exit le gendarme.

LE COMMISSAIRE.

C'était le seul moyen de le toucher ! Par derrière, avec un coup de canne. Mais c'est égal ! Il ne fallait pas avoir la venette !

SCÈNE III

LE COMMISSAIRE, L'AGENT, puis LAFRAPPE.

L'AGENT, rentrant par la porte du second plan à droite.

Il n'est pas par là. (Ouvrant la porte du premier plan.) Il est peut-être là... oui, il est là. (A Lafrappe.) Arrivez donc.

LAFRAPPE, sortant, tout penaud, à lui-même.

Allons! Ça y est! Je suis fait! Je suis pincé.

LE COMMISSSAIRE, allant à Lafrappe et lui serrant la
main.

Ah! permettez-moi de vous féliciter!... Et bien
chaudement, vous savez! Et de tout cœur!... Tout le
monde en est émerveillé... Tenez, l'agent en est tout
ému.

L'AGENT.

C'est magnifique!

Il prend la main de Lafrappe et la secoue avec énergie.

LE COMMISSAIRE, s'asseyant à la table.

Vous allez me donner votre nom... Comment vous
appelez-vous?

LAFRAPPE, ahuri.

Dorival!

LE COMMISSAIRE.

Plaît-il?

LAFRAPPE, de même.

Doriveau.

LE COMMISSAIRE.

Ça s'écrit?

LAFRAPPE, de même.

D O Du R A ri V U veau.

LE COMMISSAIRE.

Votre adresse?

LAFRAPPE, sèchement.

De passage.

LE COMMISSAIRE.

Vous pouvez aller vous coucher. Vous devez avoir

besoin de repos... Mais venez demain au commissariat, vers dix heures.

LAFRAPPE, ahuri.

Ah! il faut que je vienne... demain...

LE COMMISSAIRE.

Oui, pour la médaille... Car vous aurez certainement une médaille d'or... Allons ! allez vous reposer... Vous n'avez pas perdu votre journée.

LAFRAPPE.

Au revoir, messieurs.

L'AGENT, lui tendant le paquet d'argenterie.

Vous oubliez votre paquet.

LAFRAPPE.

Merci, merci, monsieur... (Il va vers le fond. Au moment de sortir, il regarde encore le commissaire et l'agent. A lui-même :) Où allons-nous !

FIN

Imprimerie Générale de Châtillon-sur-Seine. — A. PICHAT.

A LA MÊME LIBRAIRIE

COMÉDIES FACILES A JOUER EN SOCIÉTÉ

	Hommes	Femmes	Prix.
ADÉLAIDE ET VERMOUTH, comédie	1	1	1 50
A LA PORTE, comédie	2	1	1 50
ANICROCHE, charade	3	2	1 »
APPARTEMENTS A LOUER	2	3	1 50
AVANT LE BAL, comédie	»	2	1 »
AZOR, comédie bouffe	3	2	1 50
BAROMÈTRE (Le), comédie	2	3	1 50
BISBIS DE MÉNAGE, comédie	1	2	1 »
BONNET DE COTON (Le), comédie	1	2	1 50
CHER MAITRE, comédie	2	5	1 »
CHEZ LES MARTIN, comédie	1	1	1 »
CHRYSALIDE (La), comédie	2	2	1 50
CINQUIÈME A GAUCHE, comédie	2	1	1 »
CORRESPONDANCE (La), comédie	4	2	1 »
DAME DE PIQUE (La)	1	2	1 »
DAME QUI PREND LA MOUCHE (Une), comédie	1	2	1 50
DÉCLARATION (La), comédie	1	1	1 »
DENT ET UN CHAPEAU (Une), comédie	3	2	1 50
DOUBLE MÉPRISE, comédie	»	2	1 »
DROLE DE VISITE (Une), comédie	3	2	1 »
ESPERANCES (Les), comédie	1	1	1 »
FIVE O'CLOCK, comédie en vers libres	1	1	1 »
HUIT JOURS DE MENAGE, comédie	1	1	1 »
INTRIGUE AU BAL (Une), saynète en vers	»	2	1 »
LYCÉENNE (La), saynète	1	1	1 »
MADAME ET MONSIEUR, comédie	1	1	1 50
MADEMOISELLE EST SORTIE, comédie	1	2	1 50
MALDONNE, comédie	3	1	1 »
MARI D'HORTENSE (Le), comédie	3	2	1 50
MARIAGE D'INCLINATION, comédie	»	2	1 »
OBSTACLE (L'), fantaisie dialoguée	1	1	1 »
PASSION (Une), comédie	1	1	1 »
PERRUQUE (La), comédie	1	2	1 50
POSTE RESTANTE, comédie	1	1	1 »
PREMIER NUAGE (Le), comédie	2	3	1 »
PROJETS DE MA TANTE (Les), comédie	1	3	1 50
QUAND LA RETRAITE A SONNÉ, comédie	2	4	1 50
REFUGE (Le), saynète	1	1	1 »
RÉSERVISTE, comédie	1	4	1 »
RÊVES DE MARGUERITE (Les), comédie	1	1	1 50
RIVAL POUR RIRE, comédie	2	1	1 50
ROMAN D'UN NOTAIRE (Le), comédie	1	1	1 »
SONATE EN MI (La), comédie	3	2	1 50
SOUS-PRÉFET (Le), comédie	3	3	1 50
TANTE HÉLÈNE, comédie	2	1	1 50
TÉLÉMAQUE, tragédie burlesque	2	2	1 50
TRAIN N° 12 (Le), comédie	1	1	1 »
TRICORNOT (Tableau villageois)	4	2	1 50
VIEILLES GENS (Les), comédie	4	1	1 50
VOUÉ AU BLANC	1	4	1 »
X, comédie	3	3	1 50

Imprimerie générale de Châtillon-s-Seine. — A. PICHAT.